EL LORITO PELÓN

POR **Hilda Perera**

ILUSTRACIONES
**Rapi Diego
Martha Flores**

LECTORUM
PUBLICATIONS INC
a subsidiary of Scholastic Inc.
New York

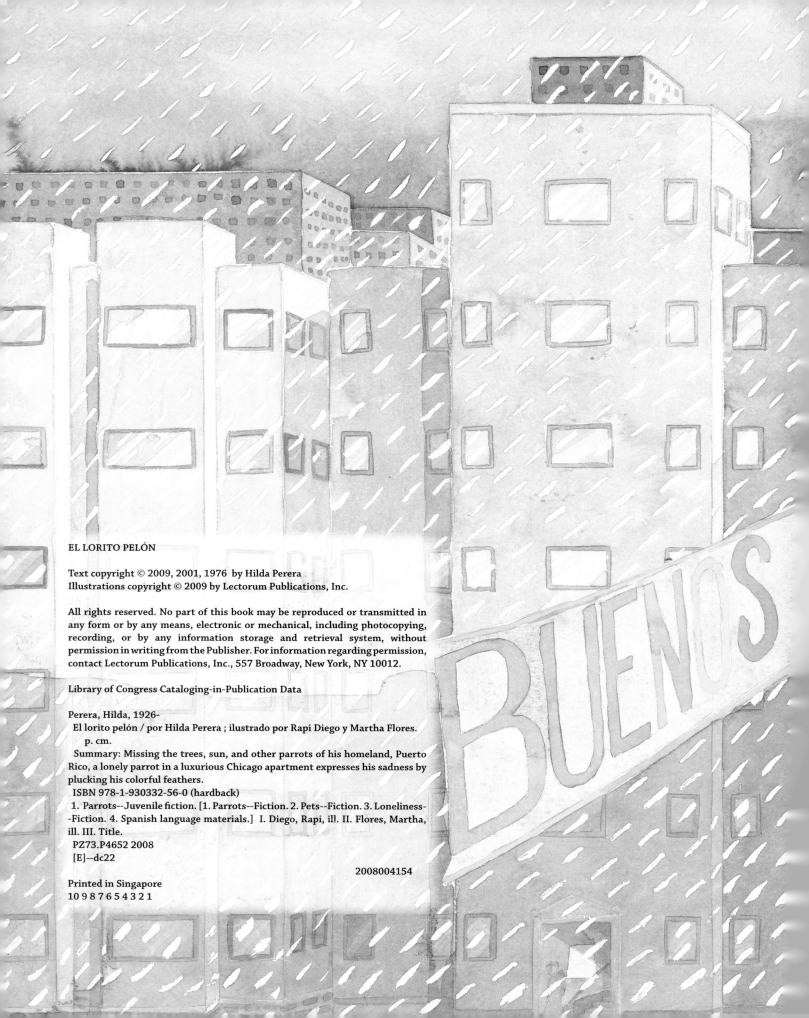

Library of Congress Cataloging-in-Publication Data

Perera, Hilda, 1926-
 El lorito pelón / por Hilda Perera ; ilustrado por Rapi Diego y Martha Flores.
   p. cm.
 Summary: Missing the trees, sun, and other parrots of his homeland, Puerto
Rico, a lonely parrot in a luxurious Chicago apartment expresses his sadness by
plucking his colorful feathers.
 ISBN 978-1-930332-56-0 (hardback)
 1. Parrots--Juvenile fiction. [1. Parrots--Fiction. 2. Pets--Fiction. 3. Loneliness-
-Fiction. 4. Spanish language materials.] I. Diego, Rapi, ill. II. Flores, Martha,
ill. III. Title.
 PZ73.P4652 2008
 [E]--dc22
                                                        2008004154

Printed in Singapore
10 9 8 7 6 5 4 3 2 1

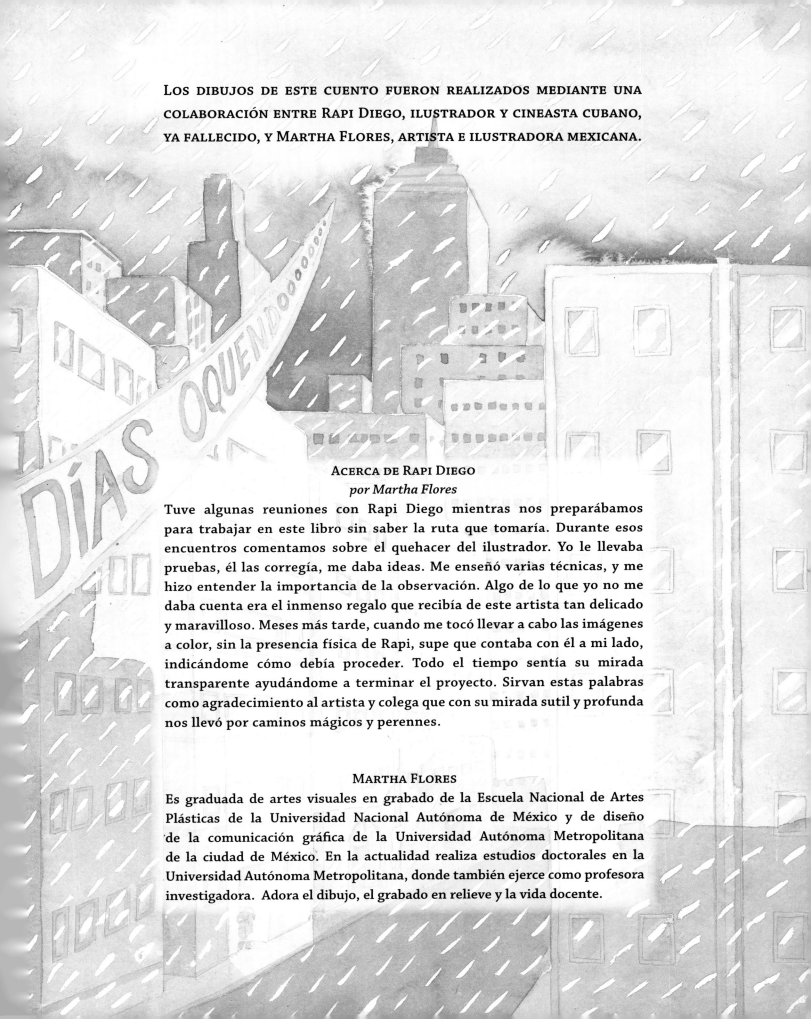

LOS DIBUJOS DE ESTE CUENTO FUERON REALIZADOS MEDIANTE UNA COLABORACIÓN ENTRE RAPI DIEGO, ILUSTRADOR Y CINEASTA CUBANO, YA FALLECIDO, Y MARTHA FLORES, ARTISTA E ILUSTRADORA MEXICANA.

ACERCA DE RAPI DIEGO
por Martha Flores

Tuve algunas reuniones con Rapi Diego mientras nos preparábamos para trabajar en este libro sin saber la ruta que tomaría. Durante esos encuentros comentamos sobre el quehacer del ilustrador. Yo le llevaba pruebas, él las corregía, me daba ideas. Me enseñó varias técnicas, y me hizo entender la importancia de la observación. Algo de lo que yo no me daba cuenta era el inmenso regalo que recibía de este artista tan delicado y maravilloso. Meses más tarde, cuando me tocó llevar a cabo las imágenes a color, sin la presencia física de Rapi, supe que contaba con él a mi lado, indicándome cómo debía proceder. Todo el tiempo sentía su mirada transparente ayudándome a terminar el proyecto. Sirvan estas palabras como agradecimiento al artista y colega que con su mirada sutil y profunda nos llevó por caminos mágicos y perennes.

MARTHA FLORES

Es graduada de artes visuales en grabado de la Escuela Nacional de Artes Plásticas de la Universidad Nacional Autónoma de México y de diseño de la comunicación gráfica de la Universidad Autónoma Metropolitana de la ciudad de México. En la actualidad realiza estudios doctorales en la Universidad Autónoma Metropolitana, donde también ejerce como profesora investigadora. Adora el dibujo, el grabado en relieve y la vida docente.

É rase una vez un lorito, un lorito solo que vivía en Chicago, en un apartamento de esos lujosos, donde viven los ricos. Lo trajeron los Smith, de Puerto Rico. El lorito tenía todos los colores del mundo: era rojo, azul, amarillo y violeta. Y además sabía decir:

—*Buenos días, Oquendo. Buenas noches, Oquendo.*

(Oquendo era el señor bueno y risueño que lo crió de lorito a loro.)

Ya el viaje no le gustó ni pizca, porque a los loros no les gustan los viajes.
Y todo lo miraba con su ojito redondo y verde lleno de desconfianza.

Tampoco le gustó el edificio gris que parecía una torre. Ni las alfombras
grises que se tragaban las pisadas. Ni la lluvia fría, ni la nieve sucia.

Y no es que fuera un loro pesado o desagradecido; es que a los loros les gusta el aire, la yerba verde, el sol y sobre todo, ser libres.

Los Smith no se daban cuenta. Estaban felices como niños con su lorito, que parecía un adorno y que además decía:

—*Buenas noches, Oquendo. Buenos días, Oquendo.*

Pero el lorito estaba cada vez más triste. ¡Era todo tan gris! Y no sabía qué hacer. Un día, trató de huir. Tomó impulso, agitó las alas y salió volando, pero ¡paf!, por poco se mata al chocar con el cristal de la ventana.

Peor. Los Smith decidieron ponerlo en jaula, una jaula dorada y muy lujosa, pero jaula al fin y al cabo. Si hubiera podido, el loro les hubiera explicado:

—¡Me siento tan solo! Ustedes son unos viejitos muy simpáticos. ¡Pero no son loros, ni lo serán nunca!

Abría la boca, cogía aire, batía las alas. Y todo lo que lograba decir era:

—¡*Buenos días, Oquendo!*

Se sentía cada vez más solo y cada vez más triste. Veía visitas, muebles y lluvia y nieve. Pero ¡ni árbol, ni loro, ni sol! ¡Y soñaba tanto con tener una señora lora y unos hijos loritos! Todas las noches con una lágrima escondida en su ojito verde repetía:

—¡Buenas noches, Oquendo!

Entonces, como no sabía qué hacer ni podía explicarles, tomó una decisión. Una decisión rara, pero que era su protesta. Todos los días él mismo se arrancaba una pluma.

Al principio, los Smith no le dieron importancia.

Y eso que se quitó la pluma azul.

Pero, al otro día, se quitó la amarilla.

Y luego la roja.

La señora Smith, que era muy cariñosa, le decía:

—¿Qué te pasa, mi lorito lindo? ¿Por qué haces eso?

Y el lorito respondía —era todo lo que sabía decir—:

—*Buenas noches, Oquendo.*

Así pasaron días y días. Cada día, el lorito se quitaba una pluma.
Cuando ya estaba un cuarto pelón, dijeron los Smith:

—¡Nuestro loro está enfermo! ¿Qué tendrá?

Cuando estaba medio pelón, se preocuparon mucho.
Y hasta la señora Smith, por abrigarlo, le tejió un abriguito
azul con botoncitos blancos.

Cuando estuvo todo pelón y hecho una lástima, se fueron al
zoológico a buscar consejo. Allí, el señor que cuidaba los pájaros
sabía mucho de loros.

—¿Qué tiene nuestro lorito? —preguntaron con mucho interés.

—¡Este loro está enfermo! ¡Y hay que atenderlo pronto!

—¿De frío? —preguntaron los Smith.

—No. De soledad.

—¡Pero si nos pasamos el día cuidándolo!

—Queridos amigos, imaginen que a uno de nosotros nos lleven a un país de loros. Todo de loros. Donde no hubiera una sola persona, ni nadie que hablara nuestro idioma. ¿Cómo nos sentiríamos?

—¡Pobrecito lorito! —comprendió la señora Smith.

Al día siguiente, le escribieron a Oquendo: que les mandara en una caja, por mensajería, una lorita. La lorita más linda, más verde, azul, roja y amarilla que pudiera encontrar.

Al mes, estaba el lorito pelón con su abriguito, muy acurrucado en su jaula, cuando llamaron a la puerta. Era un mensajero. Traía una cajita.

La señora Smith la abrió sonriendo. Efectivamente: era la lorita.
La metió en la jaula del lorito. El loro no quería creer lo que veía.
Pensó que era sueño, un sueño de los que soñaba cada noche.

Pero la lorita abufó las plumas muy contenta y dijo:

—¡*Buenos días, Oquendo!*

El lorito respondió lleno de alegría:

—¡*Buenos días!*

Toda la noche estuvieron hablando en loro. (El loro es
un idioma muy difícil, mezcla de canto, palabra y gruñido.)
Y hablaron de árboles, de verde, de sol y de yerba.

Y al otro día, al lorito le nació una pluma roja. Y al otro, una amarilla. Y al otro, una azul. Y a las dos semanas volvió a ser otra vez el pájaro espléndido de todos colores.

Todo estuvo muy bien por un tiempo. Todos parecían felices.
El lorito, la lorita y los viejitos Smith, locos de tanto oír:
—*Buenos días, Oquendo.*

Pero un día frío, muy de invierno, amaneció un huevo en
el nido. La lorita estaba muy sentada sobre él, calentándolo.

Y parece que los dos —el loro y la lora— se pusieron de acuerdo: que su hijito loro no naciera en jaula. No sin sol. ¡Sin siquiera poder conocerlo!

Al otro día los Smith se alarmaron mucho. El loro le quitaba a la lora una pluma verde.

Y la lorita al loro, una pluma azul.

Y al día siguiente, él a ella, una pluma roja.

Y ella a él, una amarilla.

Pero esta vez no llegaron a quedarse pelones. Porque no más
ver el señor Smith lo que pasaba, habló con la señora Smith.

Y los dos también se pusieron de acuerdo.

Y le escribieron a Oquendo que allá iban los loros de regreso.
Que nunca más volviera a venderlos. ¡Que les buscara el árbol
más alto, más libre, más verde!

Oquendo contestó que muy bien. Los Smith mandaron una
cajita, con un loro multicolor. Y la señora lora. Y el hijito lorito.

Y allá están, en Puerto Rico, muy felices, en el árbol más alto, más soleado y más verde de la isla.